마르세유에서 기다린다
손월언 시집

문학동네시인선 044 손월언

마르세유에서 기다린다

시인의 말

목숨을 바치라는 친밀한 권유
시의 은혜를 느낀다

2013년 6월
손월언

차례

시인의 말   005

Correspondance A   010
바닷가   011
마르세유에서 기다린다   012
돌   014
마르세유   016
닫힌 입   017
다시 한번   018
노을 B   019
노을 A   020
너라는 줄거리, 딸이라는 토마토   021
나는 어디에 가 닿을 것인가   022
꽃밭에 누워   023
극장   024
칼랑크 해안   026
그리움의 정체   027
그해 겨울, 오베르 쉬르 와즈   028
구름공장   029
고향 바다   030
개양귀비꽃   031
혜산 정선생   032
RER D   034

Correspondance B   036
하루 종일   037
파란 하늘 흰 구름   038
체 게바라   040
포구   042
통증   043
하관   044
전조   046
잠들기 전   048
정류장 풍경   050
유심(有心)   051
여름 한나절   052
여   053
에피소드 두 개   054
어머니 박병례   056
지금만은 그들을   059
애썼네   060
이 저녁에   062
쓸 시들   063
심연(深淵)   064
실눈을 뜨고   065
시(詩)   066
산은 산, 물은 물   067

사람 노릇   068

붓방아   069

봄 바닷가   070

별   071

베르나르의 해변   072

바닷가의 이민들   074

발문 | 사는 대로 사는 거지 뭐, 죽는 대로   077
　　　죽는 거지 뭐
　　　| 강정(시인)

Correspondance A

안뜰 죽은 자작나무 가지에
검은 새 한 마리가 날아와 앉았다
자작나무가 놀랐는지
검은 새가 놀랐는지
마른 나뭇가지들이 부러지며 후드득거린다
오래전 가슴에 담겼던
밤바다의 앓는 소리가 몸을 되뒤며 깨어나
귓바퀴를 돌고 있다

바닷가

겨울도 끝이 나고
바람도 잠든

양지에
얼굴을 그려쥔 여자

그 여자는
춥고 바람 불던 겨울에 봤던 여자다

볼과 코가 찬바람에 얼었다며
두 손으로 얼굴을 비비며 웃었었다

바람도 없고
춥지도 않은
양지는 견딜 수가 없다

마르세유에서 기다린다

부둣가에 음악 영감이 있다
CD 플레이어를 음식 올린 접시처럼 받쳐 들고
안테나 달린 헤드폰을 쓰고서 언제 보아도 눈을 감고 반
듯하게 앉아 있다
오늘은 날이 추워서 빨간 목도리를 두르고 나왔다
영감 속을 모르는 사람들이 영감이 앉은 벤치 앞길을 걸
어 바다를 보러 간다
요새(要塞) 옆 바닷가에는 바람에 시달려 자라다 만 나무
가 두세 개 있고
겨우내, 젊은 두 남자는 먹을 것을 담은 봉지와 라디오와
콜라를 따로 들고 와서
연인처럼 다정하게 나무들 사이에 들어앉아 있다
들어앉은 그들을 가리기에는 나무들 키가 너무 작아,
나무를 깔고 나앉아 있는 것처럼 옹색해 보이는데도
둘은 편안하게 들어앉아서 라디오를 틀고 콜라를 마신다
꼭, 거기서 매일
오후 두세 시면 어김없이 겨울 수영을 즐기는 벌거숭이들
이 서넛 떠들썩거리고
바람이 아주 심하지만 않으면 안경잡이 전동 휠체어가 낚
시를 나온다
물 멀리 낚시를 던져놓고 낚싯대 사이를 굴러다니며 지
낸다
그들을 바라보며 매일 부두를 거닐고 바다를 보러 다니

면서
　어느새 나도 그들에게로 물처럼 스며들어
　그들과 함께 마르세유에서 기다린다

돌

바닷가에서
주워온 돌

바람이 묻었나
불어본다

물소리가 들었나
흔들어본다

파도에 깎인 몸은
한없이 매끄럽고 둥글어

한밤에
볼에 대고 문지른다

책상 위에 올려놓고
돌이 있던 바다를 생각한다

돌이 있던 바다를 떠올릴 뿐
돌 속에 든 바다에 다가서지 못한다

돌도 돌 속에 들어 있는
수많은 날과 밤을 말하지 않는다

책상도 무심하다

마르세유

밤에 바람이 세차게 불면
부두에 아침 어시장이 열리지 않는다
오반느 길에는
레전드 야매 담배가 3유로이고
그 옆길에는 싸고 맛좋은 피자집이 있다
로마시대 조선소 박물관은
재개장 날짜 약속을 몇 번이나 어겼으며
햇볕을 찾아 나설 때 스쳤던 사람을
백화점에서 다시 스친다
집 앞에 서 있던 차는
파로 공원 앞길에서 신호를 기다리고
어둑한 길가에서 돈을 찾으려 코드를 누르던 영감이
오늘은 바게트를 끼고 지나간다
소리소리 지르던 그 거지는
자기 벤치를 떠나 이사를 갔고
관광객은 여전히
버스에서 내리기가 무섭게 사진을 찍어댄다
카페의 늙은 가르송은 철물점에서 나사못을 고르고
카시스에는 시를 선물로 적어주는 가게가 있으며
마르세유와 카시스를 오가는 버스 운전수는
길모퉁이 브리스 옷집으로 들어간다

닫힌 입

잠자리에서 일어나 아직 말하지 않은 입

하루 종일 그 입이 내 입이기를

다시 한번

기다림을 위하여 말을 멈추고 사물들을 바라보라
말은 공기 속을 송곳처럼 파고 달려드는 고속 열차와 같이
사물의 정체와 관계에 상처를 입힌 뒤 목적지에 도착한다
착각과 왜곡이라는 두 바퀴에 얹혀 달리는 오래된 현재
기다림은 또다시 말을 위해 있고 우리는 기다림을 위해
있다

노을 B

얼어 있는 유리창에
크림을 문질러놓은 것 같은 하늘

붉은색은 아주 엷고
옥색은 넓게 퍼졌으며

가까운 구름들도
붉은 계통을 번갈아 입는다

해 따라 바다도 자는데
빛이 남아 있는 동안
두 청년은 지나는 여자를 쳐다보며 낄낄거린다

빛이 사라지면
병든 노인의 턱 근처를 떠도는 검불수염 될 것들이
하늘과 땅에 가득하구나

노을 A

오늘 해는 도시의 복잡한 전깃줄처럼 펼쳐진 구름을 거
느렸다
빛은 부드럽고 하늘은 여러 가지 색깔을 입었다
붉은색 사이에 끼쳐 있는 말할 수 없이 아름다운 옥색을
본다
갈매기도 바람결에 몸을 맡기고 노을을 본다

마르세유에는 겨울 한철 날마다 노을을 보러 오는 사람
이 있었다
노을이 사위고 나면 갑자기 들리는 파도 소리에 놀라서
몸 기댄 벤치를 만져보며 밤으로 돌아가던 사람
높이 떠서 노을을 보던 갈매기가 부러웠던 사람
겨울 한철, 날마다 바닷가를 거닐며 바다를 가슴에 안았
던 사람이 있었다

너라는 줄거리, 딸이라는 토마토

잊도록 살고 난 뒤
너는 손바닥만한 집 뜰에 나앉아 토마토 줄거리를 본다

"꽃도 잎사귀도 무성한데 토마토는 달리지 않았군!"

너라는 줄거리는 딸이라는 토마토를 달고
이십 년 넘게 비바람을 맞았니?

부끄러울 것도 자랑스러울 것도 없이 떳떳하니?

토마토 없는 줄거리들이 가만히 흔들린다

나는 어디에 가 닿을 것인가

생각나니?
나 원래 동주였던 거
릴케였다가
푸시킨이었으며
네루다였다가
수영이었던 거
두진이었던 거

사인처럼 슬픔이 깊어지기를
명수처럼 쓸쓸한 시가 내게 오기를
정만처럼 신들린 듯 시를 써대다가……

이들 모두의 숨죽인 밤들이
내게 등불이었음을.

그 불빛 아래
나 아직 언 손을 부비우나,

사랑을 잃고도 살았으며
더 쓸쓸해지기 전에 발길을 돌리고
여전히 내일 쓸 체력을 걱정하는 중이니

나 어디에 가 닿을 것인가?

꽃밭에 누워

꽃밭에 누워
눈보라를 떠올리다니

꽃밭은
한순간에 빛도 향기도 잃어

눈보라 속에서
그리워할
꽃밭은 시드나니

꽃밭에 누워
꽃향기에 온통 취하고 만
말일이다

극장

마르세유에는 세상에서 가장 크고 오래된 극장이 있다
나는 이 극장에서 여러 편의 영화를 보았는데
혁명과 회한과 탄식, 생의 장엄한 끝자락들과
그리고, 무엇보다도 영화가 끝난 뒤에
쓸쓸한 한 물체로 변해 있는 나를 보았다

극장은 날마다 새로운 필름을 돌렸고
할인 티켓을 구하려 애쓸 필요도 없이 무료이며
수많은 히트작을 상영했지만
단 한 번도 속편을 틀어준 적은 없다

스크린은 바람 속에 있고
객석은 몽테크리스토 백작 섬 너머로 수평선이 바라다보
이는
산정에 있으며
자연의 소리 그대로를 전하는 음향은 완벽하다
중요한 점은
열정이 담겨 있지 않은 필름은 개봉하지 않는다는 것
주의할 점은
겨울철이면 비가 내려
극장 문을 자주 닫는다는 것
예고가 없다는 것
극장에 오는 사람들과 구름들과 갈매기들은 외로워 보인

다는 것

　세상이 하루 일과를 마치는 시간
　부두에서 60번 버스를 타고 종점에 내린다
　극장은 러닝타임 한 시간 남짓의 붉은 필름을 돌리기 시
작한다

칼랑크 해안*

모두들 여기를 천국이라 말하네
너무나 아름다워 정신을 차리기 힘들기는 하지
그렇지만 정확히 말한다면
이곳은 지옥 옆이라네
누구도 증언할 수 없었던 절망을 지킨 곳이라네

누구든지 보게 되면 눈멀지 않았겠나
누구든지 듣게 되면 귀먹지 않았겠나
아무도 살아서 돌아온 사람은 없고
다만 물에 퉁퉁 불어 떠밀려온 죽은 몸이 보았고
다만 일생을 두고 애태워 기다리게 만드는 실종만이 들
었을 뿐……

칼랑크는 그 얼굴과 그 비명을 보고 들었다네
바윗덩어리 온몸 구석구석에 새겨진 상처들
모두들 넋을 잃고 바라보는 절망을 견딘 흔적들
지옥과 한몸이 된 아름다움들
그 천국을

* Les Calanque. 마르세유 근처의 절경.

그리움의 정체

고향 바다 잔물결들은 반짝인다 한여름이다.

섬들 사이를 빠져나오는 객선 테라스에 나는 서 있다. 섬들을 바라본다. 동백나무로 뒤덮인 섬들은 기름진 동백 잎사귀들이 잘게 부수어 다시 합친 빛 덩어리를 내 눈에 꽂아넣는다. 순간, 미간을 찌푸리며 눈을 감는 나와, 바다와 비단 같은 수면을 흰 포말로 가르는 객선을 내려다보는 하늘 어디쯤의 눈. 나는 지금 파리에 있건만 그 눈이 전체인 몸이며 수없이 되돌려본 이 필름은 여전히 선명하다.

배가 움직이는 정지된 화면, 객선의 엔진 소리도 물 가르는 소리도, 갈매기 우는 소리도, 다 들리는데 무성인 영상.

이것은 재생이 아니고 그리움이다.

그해 겨울, 오베르 쉬르 와즈
— Vincent van GOGH와 Théodore van GOGH의 무덤에

까마귀 날아도
내가 선 그들의 무덤 앞은 가는 비 내리는 겨울
재를 갈아 풀칠한 하늘 아래
우리들은 꽃도 사진기도 없는 빈손

빗줄기 하나하나를 세어보다가
내 입은 신음으로 말한다
"하나님 어찌 이런 운명을 세상에 내셨나이까."

아는 말도, 아는 이도 없이 던져진 곳
무덤을 찾아온
두 이민은 또, 누구의 위로를 받습니까

그들의 무덤은 우리를 위해 남겨졌나요
무덤 앞의 두 불안(不安)은
그들을 위한 꽃인가요

눈물과 빗물은 섞이어
밤이 되도록 무덤 속을 걸었네
그해 겨울, 오베르 쉬르 와즈

구름공장

　구름공장은 바쁘게 돌아간다. 아무도 그 굴뚝을 본 사람은 없지만 누구나 그 굴뚝에서 나온 풍성한 구름들을 머리에 이고 있다. 구름공장을 짓던 아버지와 아들들은 2600년 전 포세아들인데, 페르시아 전쟁이 터지면서 모두 전쟁터로 나가 돌아오지 않는 바람에 사람들은 구름을 어디서 만드는지 알 수 없게 되었고…… 흘러오는 구름을 거슬러 마르세유가 보이지 않는 곳까지 날아갔다 돌아온, 갈매기 몇 마리만이 구름이 나오는 굴뚝을 보았다.

　파리와 런던의 구름은 수증기가 뭉친 덩어리에 불과하지만, 이 공장에서 생산된 구름은 여행 욕구와, 소멸 희구와, 동경으로 가득 뭉쳐 있기 때문에…… 잠깐 한눈을 팔면, 사라지고 만다. 모자구름이 기차구름으로 여행을 마친 뒤에 보게 된다. 저녁이 되면 구름들은, 넘치는 동경을 어쩌지 못해 일 드 프리울* 하늘 위에서 바알간 얼굴로 지는 해에 온몸을 맡긴다.

　갈매기를 닮은 사람들이 있다…… 사람들은 예나 지금이나 날아다닐 수 없으므로 플라주 카탈랑**에 모여 황혼 영화 속의 노을빛을 보며 구름공장을 사색한다. 갈매기도 끼룩거린다. 전장에서는 귀환할 수 없다고, 무릇 존재란 마르세유 구름에 실려 있다고……

* Ile de frioule. 마르세유 앞 바다에 떠 있는 섬.
** plage des catalans. 마르세유 구항 근처 작은 백사장 해변.

고향 바다

세상 사람들이 아직은 옷감에 물들이지 못한 파란색 바다
세상 사람들이 아직은 보석으로 얻지 못한 여름 바다 파
란 크리스털
어떤 미장이의 손끝에서도 마감된 적이 없는 새하얀 갈
매기 배
오래 묵은 육지의 골목길만큼이나 정겨운 잔 섬들 사이
의 바닷길
봄 여름 가을 겨울마다 꿈결의 시간들은 있었다
꿈결에 실려 몽돌밭에, 축항에, 나룻배 위에 있었고
바다를 보기 위해 산에 올랐다
이토록 멀리, 긴 꼬리를 끌고 날아온 여름 밤하늘의 유성
이 되어,
기억도 추억도 향수도 아닌
세상 사람들이 아직은 말하지 않은 감정을 두 손에 받쳐
들고
나는 모든 것을 잊는다

개양귀비꽃

한 사람은 떠나고
한 사람은 남는다
한 꽃은 지고, 다른 한 꽃은 피어난다.
그사이
무궁하고 무진한 세상의 내밀
습자지처럼 얇은 꽃잎 무게도 겨워
쉬 출렁거리고
쉬 꺾이는
가는 줄기로 버티는 절정
이 꽃 붉음을
붉다고만 할 것인가
태어나는 아기가 말아쥔 손을 어렵게 펴듯
피는 그것을 개화라고만 할 것인가
피기가 바쁘게 떨어져나가는
꽃잎들을 낙화라고만 할 것인가
이 신음 없는 감내에
가만히 얹히는
곤한 한때여

혜산 정선생

  귓불엔 얼음이 박이고, 책보엔 빈 도시락이 들었다. 젓가
락 노는 소리를 듣다, 잊다. 뛰다가, 걷다가. 산자락을 돌
고, 빈 들길을 지나면 어김없이 또 눈이 내렸다. 시오리 하
굣길, 산과 산 사이는 손바닥보다도 좁고 까마귀들은 내려
앉을 곳을 찾느라, 재 뿌린 하늘을 빙빙 돌았다. 하늘을 돌
뿐, 눈밭을 서성거릴 뿐, 종일을 주렸고, 날개는 더없이 검
었다. 함경도 혜산.

  그리고 그 길들을 또, 얼마나 더 걸었던가, 빈들처럼 야위
고 목말랐던 나는 막 성년이 되어 다시 시오리 퇴근길을 걷
고 있었다…… 내겐 한 사람이 있었다. 그니는 타관에서 발
령을 받아 학교로 왔고, 웃을 땐 가끔, 눈처럼 흰 치아를 비
치며 나와 동료가 되었다. 우연히 그니와 함께 학교를 나서
게 된 퇴근길, 마음 설레다 가슴은 쿵쾅거리고, 얼굴은 붉
을 대로 붉었던가? 손을 잡았던가? 얼굴을 마주봤던가? 그
니와 하늘을 쳐다보는데 눈이 내렸다. 성긴 눈발에다 사랑
한다고 몇 마디를 웅얼거렸던가? 눈은 내 가슴에 쌓였다.

  총소리는 그치지 않았고, 어느 날은 총소리에 놀라, 나는
밤길로 산역 트럭에 올라앉아 혜산을 떴다. 남쪽을 유랑하
다가 정신을 차려보니 나는 휴전선에 제일 가까운 강원도
산속에 있었다. 왜, 총소리에 놀랐던가? 왜, 그니를 두고 혼
자 왔던가? 왜, 다시 돌아오리라 혼자 믿었던가? 왜, 사랑

한다고 말하지 못했던가? 뼈아픈 후회의 밤마다, 나는 오
랜 일과처럼 언제나 내일이면 그니를 만났다. 어제는 혜산
을 왜 떠나왔는지 알 수 없다고, 내일은 웃고 있는 그니에
게 말했다. 어제 걸었던 그 오랜 빈 들길을, 까마귀의 그 오
랜 서성거림을……

　산속엔 또다시 가랑잎 구른다. 덧쓰고 덧쓴 이름도, 덧그
리고 덧그린 얼굴도, 어제도, 이제는 지워지고 아련하구나.
나마저 아득하구나. 누구에게도 말 못 한 들길아, 주린 까마
귀야, 혼자 늙은 이 몸아.
　그러나 오늘도 혜산에 눈이 내리누나, 가랑잎 걸린 고사
목에 눈꽃이 피듯이, 여전히 지도 위에 눈이 내리누나.

RER D*

너는 베트콩이었고 너는 킬링필드였으며
너는 우울한 도시에 찾아온 봄이며
너는 밤바다에 수장된 친구를 따라왔고
그리고 너는 나라 갈림의 틈바구니에 끼어
동지와 친구들을 쏘아 죽인 반도에서

아, 너는 바닷가에서,
9. 8. 7. 6. 5. 4. 3. 2. 1. FEU……
구름 알들이 갑자기 솟구쳐올라 거대한 버섯으로 피던 해
원에서
마오의 죽창을 피하지 못했던 아버지로부터
덩샤오핑의 광장에서 맨몸으로 탱크를 세웠던 죽음들로
부터

뱃가죽이 등에 붙는 기아의 땡볕에서 독수리를 등에 업고
그리고 또 너는
신 두껍을 뒤집어쓴 장사치들의 오랜 싸움터에서
이틀 만에 아들 셋을 땅에 묻었다

압제 질식과 패거리들의 난장판에도 몸을 던지지 못한 대
가로
서서히 조국을 버려가는 나와 함께
너희들은 천신만고 끝에 이 열차를 탔다

메트로폴의 새벽 노동자가 되어
자, 또다시
이 열차는 견딜 만한 것인지……

* 프랑스 파리를 중심으로 하는 수도권 광역 철도 노선 중의 하나.

Correspondance B

재능은 재앙인 것이 분명하다
스스로 그것을 기꺼워하는 순간
그것은 고난의 인력으로부터 떨어져나와
유성처럼 어딘가로 멀어져만 갈 것이므로

하루 종일

두 길이 한눈에 들어오는
길모퉁이
그늘을 따라

집은 싫어
7, 8월 두 달을
바닷가도 산속도 옆 나라도 아닌
집은 싫어

나이는 열다섯 살
더 알아야 할 것도 없다

인적이 드문 한낮
다음은 네가 탈 차례인
고물 차가 비명을 지르며
커브를 돌아온다

파란 하늘 흰 구름

이 말도
저 말도
탐탁지 않다

비행장 하늘엔
흰 구름이 달려간다
어쩌나 흰지
돌 조각(彫刻)이 하늘에 박혀 있다고
말하고 싶다

구름의 파수병
이라는 말은
말할 수 없이 사랑스럽다

이 말에
나는 가슴이 뛰놀고
김수영은
절망한 뉘앙스다

이 파란 하늘에
저 흰 구름이라니
내 눈동자도
파랗고 하얗다

구름은 하늘에 떠 있고
구름을 쫓는 내 눈동자는 검다
최종적으로
이 말이 마음에 든다

체 게바라

게바라가 왔다
오래된 항구 마르세유에
자신의 얼굴 사진이 찍힌 가방을 팔러
가난한 인민들이 모두 나와
열광하는 일요일 아침 벼룩시장에
게 게바라*가 왔다

빛나던 청춘은 남아메리카 산중에 묻어두고
자본 폭발중인 중국 공산당과 손잡고
혁명이 시장을 거쳐 모드로 바뀐 걸 아느냐며
이 가게 저 가게 기웃댄다

그의 혁명 조국은 여전히 가난과 자부심이 넘치고
그의 혁명 동지 피델 카스트로는 연로하여
아디다스 추리닝을 입고 입원 가료중인 이때
세상 모든 것이 비주얼로, 모드로 자리를 바꾸는 이때

내 청춘에 꽂혀 펄럭이던 깃발은
현란한 비주얼의 복판에서
게 게바라로 팔린다

먼 곳을 바라보는 몽상적인 눈빛
단돈 10유로

포구

—**Vallon des auffes de Marseille**[*]

아기 신발만한 배들이
잔물결에 졸고 있다

바람과 햇빛에 씻기고 마른
뱃시울은 눈이 부시도록 희고

나는 여행기의 거인이 되어
눈부신 정적 속으로 발을 옮긴다

고향 뒷산에 앉아 바다를 보면
손바닥에 섬을 떠서 받쳐들었고
뱃고동 울리는 여객선을 건져올렸지

무릎 아래 꽃처럼 핀 집들
바다에 젖은 길들

조는 뱃전에
갈매기는 날개를 쉰다

[*] 마르세유에 있는 아주 작은 포구.

통증
—지하철에서

어린아이의 얼굴을 보면 그가 전혀 상상할 수 없는 살아
갈 날들 때문에 가슴이 아리고

도시의 구석구석에 혼자 서서 합죽한 입으로 뭔가를 끊임
없이 오물거리는 늙은 노숙들을 보면 그가 살아온 날들을
되새김하고 있는 것만 같아 가슴이 저리다

하관
─오르낭의 매장*

어쩌된 일이냐
나는 관에서 나와
관에 든 네가
땅에 드는 것을 구경하고 있으니
너는 나냐 나는 너냐

국경 근처 깡시골에서
단 한순간의 영화도 없이
노예로 지내다가
주검으로 돌아가는
이 지옥을 누가 삶이라더냐

사윌 대로 사위어
날개 없이 떠오르는
재로 남았으나
당신의 독경 소리에

이 잿빛은
다시 납빛으로 가라앉는다

당신의 독경 소리는
메마른 슬픔을 다시 쥐어짜는
허튼 반복의 곡예

오르세 법정에서
나는 너에게 당신을 고발한다

＊ 귀스타브 쿠르베의 그림.

전조

"아침 꽃을 저녁에 줍다"라는
노신의 수상록이 있었지

그 책을 읽고 싶다
한 번은 읽었을 텐데 내용은 전혀 기억에 없고

나는 그 책을 버린 것 같다
잡지 등등과 한 묶음으로
집 앞 쓰레기통에 내놓았으리라

……그리고 나는 살았다
그리고 나는 여러 꽃들을 보았지만

내일의 꽃을 본 적은 없고
저녁에 그 꽃을 주워본 적도 없다

빨리 돌려본 필름 속처럼 바삐 살며
나는 어느 때 꽃을 잊었으리

세월이 한참을 지나는 지금
아침 꽃을 왜 저녁에 주워야 하는지 알게 된 지금……

"꽃은 내일 필 것이다"

그래, 그 영원한 전조로서의 삶을 알 것도 같은 지금   —

잠들기 전

누운 내 옆에
너는 늘 엎드렸다

둘은
잠을 청하는지
잠을 핑계로
이야기를 청하는지

이야기는 길었고
잠은 늦고 짧았다

잠들기까지
그때가 제일 좋았다

무슨 말을 했었니?
우린 이야기로 날이 샐까 걱정스러워
이제 잠들자고 서로가 동시에 말했지
웃었지
그리고 또다시, 몇 번을
언제나 내가 다시 말을 붙였다

"형, 자나요?"
"응, 잔다"

"그런데 말이죠……"

어느 순간 잔다는 대답은 없고
너의 잠은 언제나 곤하였지만
너는 작은 기척에도 눈을 떴다

그날 밤
우린 또 그렇게 잠들었지

그리고
아침이 오고 말았다

네가 나처럼 편하게 누워 있던 아침
널 보는 나도 죽었던.

정류장 풍경

장바구니를 끌고 버스에 겨우 오르는 여자
출발하는 버스를 잡아타려 씩씩거리며 내달려온 청년
여봐란듯 큰 소리로 수다하는 두 여자
모두들 빛이 나고 좋아 보인다
볼 때마다 기분이 좋아진다

버스는 출발하고
정류소마다 사람들을 부리고 태운다
잘 가시오, 이제 곧 아이들 만나 반갑다 볼 비비고
이제 곧 저녁들 드시겠구만

잘 가시오, 나는 버스에 겨우 올라탈 땐 찡그렸다오
잘 가시오, 씩씩거리며 내달려본 지도 오래되었고
잘 가시오, 여봐란듯은 고사하고 수다 상대도 없다오

내 사는 것을 이내 바라보게 되고
그러나 오늘은 빙그레 웃게 된다
잘 가시오들

유심(有心)

잘난 사람들이 미울 때가 있습니다
여유롭고 너그럽고
남을 배려하고
공공에 봉사하며
차차 잘될 거라고 낙관하는
잘난 사람들이 참으로 미울 때가 많습니다

못난 사람들이 사랑스러울 때가 있습니다
따지고 버성기며
강퍅하고 새되며
공공에 불만투성인
앞날에 아무런 기대도 없는
못난 사람들이 참으로 사랑스러울 때가 많습니다

여름 한나절

사물의 외피를 들추고
물길을 따라
조용한 파도를,
침묵하는 폭풍우를 건너가며
덤덤해지는 내가
한결 미더웠으나
시 쓰는 세월 지날수록
누구에게도 이해받을 수 없게 되리라는
불안이 내 곁을 서성인다 우군인가?
사양한다
어느 누군가에게 이해받게 된다는 것은
또 무슨 뜻이겠는가
사양하든지, 버리든지, 거부하든지
그런 것들 다 잊은 언제든
양귀비 피어나는
여름 한나절을
돌아나가는 물길에 실려

여

한 바다 가운데
....
그래도 파도는 모인다

물 맞은 상처에
물 드나드는 소리 듣는다

바윗덩어리는
어디서나
외로움 덩어리

육지는 너무 멀어
새도 날아오지 않고

썰물에 씻기고
밀물에 잠겨

해도에도 점선으로 표시된
바윗덩어리

여야, 죽지 마라
등대 설 날 기다려야지

에피소드 두 개

　중학교 3학년, 월요일 첫 시간은 전교생 천오백 명이 모두 운동장에 모여 서서 일제 와세다 대학을 나온 사무라이 교장선생님 훈화를 들어야 했다. 사무라이는 주로 애국·애족과 경제개발과 혼·분식을 주제로 한 시간 반 이상 지난 월요일과 대동소이한 정치 연설을 했으며, 체력이 약한 아이들이 열 명쯤 쓰러지고 나면 그때서야 만족한다는 듯 전교생으로부터 조회를 마치는 경례를 받았다. 그날 아침도 나는 근 십 리나 되는 길을 무거운 책가방에 도시락에 연탄재까지 들고 등교했는데, 학교에 도착할 때쯤 얼굴엔 땀이 범벅이요, 까만 교복엔 하얀 연탄재 가루가 범벅이었다. 저지에 연탄재를 던져 넣고는 모두들 교복을 터느라 법석을 떨었다. 먼 길에 연탄재를 고스란히 들고 오는 일은 고생스러웠고, 종일토록 교복에 연탄재를 달고 다니던 애들도 있었지만, 다음날 들고 올 연탄재 걱정까지 하던 나이는 아니었으므로 연탄재 고생은 금방 잊고 하루를 보냈다.
　나중에 땅을 고를 땐 체육시간에 돌들을 주워냈는데, 운동장이 완성되니 선생님들이 멋지게 테니스들을 치셨다.

　문제는〈승공통일의 길〉교과 시간이다. 선생님은 자주 어딘가로 연수를 다녀오셨는데, "곧 전쟁이 일어날 것이니 짐 싸라"하는 분위기로 수업을 하셨다. 선생님이 가여웠다. 전쟁은 초등학교 때부터 우리들 사이를 떠돌던 소문일 뿐인데 진짜로 믿다니…… 말도 안 되는 월남 패망사에 노농적

위대 편성표와 예비군 창설 연도 등등, 이따위, 엉터리들로
꽉 찬 수업시간은 숙연하고 비장한 분위기로 넘쳐났다. 선
생님이 너무도 열심히 가르치는 바람에 멸공이 인이 박여,
세계를 기우뚱하게 보게 된 나는 30년 지난 지금도 사시 교
정중이다. 선생님은 교내 반공연맹도 담당하셨는데, 반에
서 1등과 2등이 회원이었다. 유독 반공연맹만 큼지막한 배
지를 달게 했는데 배지는 위력이 있었다. 훈장처럼 생긴 것
이 그 옆엔 우등 배지, 반장 배지까지 같이 달렸으니 까까
머리 중학생은 훈장을 주렁주렁 달고 있는 역전의 용사처
럼 보였다. 우리들은 누가 배지가 몇 개라는 둥 그런 얘기
나 했지, 가슴에 이름표 하나 달랑 달고 있기는 그때나 지금
이나 매한가지다.

어머니 박병례

기형 형님 어머니가 말했지.
아들이 먼 곳에서 돌아와
식구들이 둘러앉아 얘길 나누는데
아들이 먼 곳에 있을 때보다도,
온다는 소식에 눈이 빠지라 기다릴 때보다도,
아들이 곁에 앉아 있으니
곁에 두고 볼수록 더욱 그립더라고.

어머니 당신이 시인이군요.
칠 형제를 키워내고도 모자라
둘만 남은 손자 손녀까지 키우느라
팔순 되도록 걱정이 마를 날 없었고,
늙을 대로 늙어
쪼그라든 몸은 또 천근같이 무거우나,
한 편의 시를 읽은 적도 쓴 적도 없으나,
당신이 시인이군요.

기형 형님 어머니가 말했지.
"우리덜 사는 디는 말이지라
지-픈 산골인디
얼매나 지프냐 허믄,
이 산하고 저 산에 간짓대를 걸치믄
똑, 걸쳐질 것도 맹이당께."

"먹을 것도 없고……
동란도 지나고……
소개 나와 아그들 낳고 살았제,
세월은 쓰라려도 어쩔 수 없어
참고 기다리고 애쓰다보니
어쩌다 큰아들도 앞세와불고,
이제 죽을 때가 되었네."

나, 여태 시 쓴다는 헛이름 지녔구나.
이렇게 찰지게 말해본 적 드물고
또 이렇게 살아낼 수도 없으나
다행히 헛이름 알게 하는 어머니를 만났구나.

나는 어머니를 업었네,
지리산 골짜기 손바닥만한 들 일만 하다가
뙤약볕에 그을릴 대로 그을리고
야윌 대로 야윈 종잇장을 업었네.
나, 어머니를 업은 채로
어머니와 아무 상관도 없는 파리를
유람이랍시고 모시고 다녔네.
빙긋이 웃으시네.

—   집으로 돌아가 파리에 사는 아들 걱정 다하러
어머니 서둘러 지리산 골짜기에 계시네.

—

지금만은 그들을

지금만은 그들을 잊어도 좋으리
지구에 사는 행복감에 젖어
불타는 노을빛에 몸 붉은
구름들의 이름을 불러봐도 좋으리

거대한 고인돌 구름은 무거워 천천히 동쪽으로 가고
맘모스 갈비뼈 구름은 어느 순간 흩어져 멸종되고
게바라의 베레모는 검은색이었다가 붉은색으로 변한다

가슴 깊이 억누른 자유 아닌 것들을 지금만은 잊어도 좋
으리
지구에 사는 행복감에 젖어
저 장엄한 붉은색을 온몸에 물들여도 좋으리
구름 되리, 구름 되리, 구름이 되어도 좋으리

애썼네

그때 나는
한 편의 시와
내 삶을 바꿀 수 있을까
견줘보았지

시를 떠나
돈을 쫓아
하루하루를 살면서

아이를 낳고
이사를 다녔네

시를 써야 할 텐데
방은 없어지고

책상엔
온갖 고지서들

내 삶을
한 편의 시와 견줘보던 일도
잊혀갔네

오랜만에

밤불을 밝혀
숨을 죽이니

아이는 다 자라
대학에 가야 하고

여전히 내 방에는
시가 없고,
사연 많은 영수증은 부칠 데도 없지만

살아온 게 놀라워……

그때는 시를 썼었고,
시를 잊었던 오랫동안
나는 살고 있었네
바꿀 것도
견줘볼 것도 없는 삶이고자 애썼네

시 쓰는 것은 잊고
살려고 애만 썼네
애썼네

이 저녁에

이 저녁에 떠나리라
세상이 어스름을 알아듣지 못하여
귀를 세워 집중하는 물웅덩이에는
낙엽이 가라앉고
물 껍질은 검고 투명하다
차갑게 비친 앙상한 나뭇가지들과 더불어
이 저녁에 떠나리라

사람들의 발길은 집으로 향하고
사람들의 손길은 램프를 켜나니
이 저녁으로 영원한 곳
베인 마음과 쑤셔넣은 말의 독기가 풀리고
온갖 억울함이 물길을 따라 조용히 고이는데
세상에는 없는 혼잣말로
누구도 알아듣지 못할 말로
작별을 고하리라

바람이, 불어오던 쪽으로 몸을 뒤집는 어둑한 바닷가
파도의 흰 포말은 더욱 도드라지고
불타는 축문이 재가 되어 공중에 머물듯
바다를 향해 날개를 펴고 바람을 타는 검은 새들과 더불어
세상으로부터 돌아앉은
이 저녁을 말하리라

쓴 시들

시 한 편 쓰고 담배에 불을 붙이면, 이제 덤덤하구나 마치 도 튼 것처럼 즐겁지도 괴롭지도 않은 이것이 편하고 좋기는 좋구나. 어떻게든 살아봐야 할 죽음이기에 나는 외국말 배우는 학생이 늘 사전 뒤적거리듯 쓴 시들을 뒤적거리며 살아왔다. 시는 뒤적거릴수록 답보다 질문을 더 많이 내놓으니 쓴 시들을 뒤적거리는 것을 던져버리고 돈벌이에 품을 팔며 또 한 십 년 살았다. 그런데, 그것만은 아니다. 뒤적거리는 것은 던져버렸을지 모르나 쓴 시들은 주머니에 차곡차곡 쌓여 넘치는 것이다. 오늘, 주머니를 턴다 무엇이 들었나? 오호, 질문, 대답, 질문, 쌍욕, 성욕, 뉘우침, 깨우침? 아둔하게 이제야 시가 내는 질문이 답인 줄 알게 되고, 이제야 시가 내는 답이 질문인 것을 알게 되어. 답도 질문도 없는 시를 써놓고 이제 막 담배 한 대를 피워 문다.

난장 맞을, 끌리는 대로 뒤적거릴걸! 이 눈치 저 눈치 보면서 집에도 일찍 들어가고 마누라도 지키고 자식도 키웠네 그래. 그것도 좋았지만, 나는 또, 죽을 것 아닌가? 죽기 전에 그것이 무엇인지, 진짜로 쓴 시들을 뒤적거리게 하며 견디게 하는 그것이 무엇인지 알기는 알아야겠는데…… 자, 담배를 끄고 쓴 시들을 뒤적거리자! 이제 또, 무엇을 내 놓으려나?

심연(深淵)

방법이라는 것이 동나면 좋겠어요. 모든 것을 시간에 맡길 수 있잖아요? 어떤 서두름도 없이 검은 머리가 흰머리로 변해가는 모습을 카메라처럼 바라볼 수 있지 않겠어요! 그리하여, 검은 머리가 흰머리로 되고 마는 것만 남는 세상 속에 있게 되겠죠. 아무런 평가 없이 다음이 오고, 갈등 없는 현상이 존재가 되는 시간이 흐르는 세계가 있을 거예요. 자, 이제 그만두죠. 간단한 각종 방법들 그만 사용하죠. 여기가 거기라는 것을 알기가 깊은 바닷속을 들여다보는 것처럼 어려워지고 말았잖아요?

실눈을 뜨고

꽃무늬 원피스가 하늘거리는 너머
망각을 지각하는 순간에만 돋는 소름 너머

실눈을 뜨고 오래 바라보면
절망에서 슬픔으로를
다시 반복하고 있는
행복이 보인다

시(詩)

지당한 말씀을 어렵사리 어렵사리
찾아내어 새로 새기는 일이기도 하거니와
법이 달리 있는 것도 아니요
속도도 정해진 바 없고
어느 후미진 골목에서라도 솟을지 모르는 이것을
또한 제멋대로라고도 말 못 한다
돈에 좀 가까워지면 詩에서는 멀어지고
詩에 좀 가까워지면 이미 돈에서는 멀다
이 부당한 대립이
지당하다는 것을 어렵사리 어렵사리
알아가는 중에……
이 부당한 대립을 누리는 중에……
詩가 있다

산은 산, 물은 물

죽는 것보다는 그래도 살아 있는 것이 더 낫다. 라는 이
말은 소태 같고
이렇게 사느니 차라리 죽는 게 더 낫다. 라는 이 말은 들
척지근하다
뭐가 더 낫다는 거냐
뭘 그리 만날 빗대봐야 직성이 풀리느냐 말이다
그저, 죽는 것은 죽는 것이고, 사는 것은 사는 것이지
뭐가 더 낫다는 거냐
나는 조미도 감미도 다 싫고
그저 좀 살아보고 싶고
그저 좀 죽어보고 싶다
그러니 제발 어느 것이 더 나은 것인지 빗대지 마라
살 때 살고
죽을 때 죽어야 하지 않겠니
뭔가 좀더 나은 것을 찾다가는
아마 죽을 수도 없을 거야

사람 노릇

돈벌이를 잃고
일 없이 오래
이 도서관 저 도서관을
떠돌다가
문득
돈벌이를 할 수 있다면
그게 사람 노릇일 거라는 생각

돈벌이에 반혀
죽어라
꼼짝 못 하고 일만 하다가
문득
돈벌이를 버릴 수 있다면
그게 사람 노릇일 거라는 생각

붓방아

미뤄둔 지 오래돼서 하기 싫어진 숙제처럼
"반 고흐는 성이고
이름은 빈센트"

너무 익숙해서 싫어진 가족처럼
"태어난 곳은 네덜란드
죽은 곳은 프랑스"

습관이 되어버린 예배처럼
"밀밭 위를 나는 까마귀떼,
불타오르는 듯 구불거리는 화폭"

이틀 동안 자살을 앓고 난 뒤의 죽음

붓방아야
운명의 밀도에
가 닿을 수 없다면
사랑이 아니란다

봄 바닷가

바다 파란색은 아직 차다. 바람과 파도에 씻긴 몽돌밭에
누우면 이 온기는,
끔찍한 겨울 같은 것은 다시 없으리라는 새 약속. 누군들
어딘들 돌아가랴……

오래오래 잠들고만 싶다

별

한밤에 깨어
하늘 아래 서니
지나온 날들도, 살아갈 날들도
모두 다 지워지고

나도 머나먼 별들처럼 아득하다

별은 무엇이 두려워 사철 떨며
밤하늘에 매달려 있는가

베르나르의 해변

부활절 휴일
바다는 밀려나가고
사람들은 밀려온다
같이 밥을 먹은 사람들
같이 웃었던 사람들
약속이 있었던 사람들
....

너를 보낸 뒤
베르나르는 몸뚱이를 짐짝으로 끌고 다니다
이제 통나무로 굴린다
같이 밥을 먹었던 곳에서
같이 웃었던 곳에서
약속이 있었던 곳에서
그리고 너를 묻은 이 해변에서

통나무는 때와 냄새로 절어 있어
아무도 가까이 오지 않지만

너는 여전히 해변에 꽃을 피운다

너와 함께 묻힌 것이 분명하고 오래된
통나무는 해변에 나앉아 하루 종일

담배를 피우며 꽃을 본다 —

바닷가의 이민들

날품 없는 이민의 하루는 허무하다
이국의 말, 길들, 사람들 속에서
마음은 종잡히지 않고
몸들만 볕바른 곳을 찾았다

그러나 의미로 가득 찬 조국은 슬픈 것
조국이란 전쟁중이거나
굶주림중이거나 둘 중에 하나지

늙수그레한 구레나룻들이 옹기종기 모여 앉아
어디로부터 흘러왔는지
막혀서 돌아왔는지
하루를 잘 견디는지
그래도 이야기는 쓸쓸한 꽃으로 핀다

낯선 땅에
증명도 없이
둘이 먼저 일어났지만
바람 불고
날은 저무니
몸마저도 갈 곳이 마땅찮다

저만치 떨어진 벤치 앞에서 서성이는데

나는 묻지도 못했지
식구들은 어디 있어요
식구들은……

사는 대로 사는 거지 뭐, 죽는 대로 죽는 거지 뭐[*]
강정(시인)

---

[*] 산울림, 〈내가 왜 여기 있는 줄 몰라〉의 가사 중.

1

이 말도
저 말도
탐탁지 않다
—「파란 하늘 흰 구름」 부분

명지대생 강경대(그는 재수한 91 학번, 나와 71 년생 동갑이
었다)의 죽음으로 촉발된 분신정국이 막 수그러들던 1991 년
여름방학. 입학 두 달 만에 "탐탁지 않"아진 대학 생활이라
투덜대면서도 어김없이 나는 학교에 있었다. 뭘 하고 있었는
지는 기억 안 난다. 잔디마당 귀퉁이 작은 연못이 바라다보
이는 허름한 학회실에서 쭈뼛거리던 중 카메라를 메고 있는
낯선 남자와 살짝 마주쳤다. 서른 살가량 되었을까. 대충 가
늠하자 묘하게도 그는 더 늙어 보이거나 더 젊어 보였다. 이
상한 표현인 줄 알지만, 정말 그랬다. 그는 한 선배와 대화
를 나누고 있었다. 카메라를 멘 남자는 그 선배의 선배 같았
다. 슬쩍 일별한 외모는 강렬함 자체(요즘 아해들은 그런 걸
'포스 작렬'이라 하던가)였다. 부리부리한 눈매와 짙은 눈썹
이 먼저 눈에 띄었다. 알고 보면 그리 크지 않은 덩치지만,
당시엔 돌산 중턱에 정립한 어느 절의 수문장처럼 거대하게
느껴지는 인상이었다. 크고 단단한 바위 같은 위엄과 풍채
가 쩌렁쩌렁했다. 알 수 없는 기운에 짓눌리듯 나는 그들을

피해 학회실 문을 열고 나왔다. 그가 내 쪽을 돌아보진 않았던 것 같다. 그와 같이 있던 선배와도 당시에는 큰 친분이 없던 상태였다. 학회실을 나와서는 문득 그들의 대화가 궁금해졌다. 그러나 나는 총총히 걸음을 옮겼다.

　나의 대학 시절은 주로 창가를 배경으로 한다. 수업 시간이든, 공강 시간이든, 멀뚱히 담배를 피워 물고 창밖을 내다보던 기억만 승하다. (한번은 그게 수업 시간인지도 잊고 불붙여 담배를 물었다가 강의실에서 쫓겨난 적도 있다. 그 정도로 '맹'했다.) 잔디마당 건너편 얕은 구릉 위에 기립한 나무들을 바라봤던가. 커다란 악기를 들고 오가는 예쁜 관현악과 여학생들을 눈흘김했던가. 둘 다일 수도, 둘 다 아닐 수도 있다. 뭐 그런 게 중요한 것도 아니다. 그 당시 나는 할 줄 아는 것도, 하고 싶은 것도 없는, 우둔한 '프레시맨'이었다. 그래도 시인이라면 뭔가 대단한 영혼의 보석 같은 걸 눈두덩 안쪽에 박아두고 살지 않겠나 하는 동경은 살아 있었다. 실생활을 돌이켜보자면 아무것도 그려지지도 씌어지지도 않은 채 손때 묻고 구겨진 낡은 갱지 같은 게 연상된다. 연극이나 영화, 록음악에 골몰했지만, 그것도 그닥 열심히 파고든 건 아니었다. 모든 게 확인사살이 불가능한 몽상 속에서 부풀다가 제풀에 꺼져버리는 일장춘몽의 나날이었다고나 해두자. 뭔가 열심히 몰두하면 어김없이 심리적 육체적 병증에 사로잡혀 헛소리나 늘어놓게 되는 신경쇠약의 마지막 보루로 시를 끼적였다고 말하면, 고백일까 자폭일까.

다시 1991년도의 창가. 나는 1층 빈 강의실에 앉아 창밖을 내다보고 있었다. 그가 말끔하게 차려입은 선배를 모델로 사진을 찍어대고 있었다. 좁은 잔디마당엔 그들 말고 아무도 없었던 것 같은데 정확하진 않다. 단지 내 눈에 그들 밖에 보이지 않았다고 말하는 게 더 정확할 것이다. 디지털카메라가 나오기 전이었으니, 그때 찍힌 사진들은 사진관에 맡겨져 며칠 후에나 찾아볼 수 있을 터였다. 나는 대략 10분정도 그들의 행동을 주시했던 것 같다. 그리고 자리를 떴다. 그 전후 정황은 잘 알 수 없다. 다만, 그때 찍은 사진 중 한장이 어느 시 전문지에 실린 걸 나중에 확인할 수 있었다. 계간 『현대시세계』 1991년 가을호. 당시 스물여섯 살의 청년 허연이 시인으로 데뷔한 것이다.

    재능은 재앙인 것이 분명하다
    스스로 그것을 기꺼워하는 순간
    그것은 고난의 인력으로부터 떨어져나와
    유성처럼 어딘가로 멀어져만 갈 것이므로
                              ―「Correspondance B」 전문

카메라를 멘 사나이를 정식으로 대면한 건 이듬해 봄이었던 것으로 기억한다. 본명은 손월원(孫越原). 필명은 손월언(孫越言). 1989년 『심상』을 통해 시인이 되었으나, 소위 '중앙문단'과는 별 인연이 없는 상태였다. 당시 그는 마포의 한

고등학교 앞에서 작은 서점을 운영하며 같은 학교 출신 화가 변연미와 외동딸을 키우고 있었다. 갓 시인이 된 허연이 (갓 시인이 될) 나를 그에게 데리고 갔거나, 그의 서점에서 일을 돕던 동기 녀석이 인사를 시켜줬거나 둘 중 하나였을 거다. 가까이서 보니 그는 사슴과 호랑이의 그것을 반반 떼어다 버무린 것 같은 눈빛을 가지고 있었다. 나는 그 형형하고 매서운 눈빛 앞에서 병든 노루처럼 고개를 주억거리며 더듬더듬 묻는 말에나 대꾸할 뿐, 이상한 호흡 곤란 상태 탓에 팔다리가 배배 꼬이는 느낌이었다. 뭘 고해하거나, 걷어차달라고 엉덩이라도 디밀어야 할 것 같은 황망한 기분에 사로잡히기도 했다. 그 이후 나는 등단을 했고 입대를 했으며, 오랜 군사정권이 종지부를 찍고 군부와의 뒷거래로 겨우 실현된 문민정부가 절뚝거리며 들어섰다. 내가 일병 계급장을 달고 서울의 서북쪽 전선에서 꼴통 군인으로 낙인 찍혀 '영혼의 시차'에 허덕이던 1994년 그 무덥던 해. 그는 한국에서의 삶을 접고 가족과 함께 프랑스행 비행기를 탔다.

2

참말이지 나는 나의 내부에서
스스로 나오려 하는 이외의
다른 아무것도 살아보려고 하지는 않았다

왜 그것은 그다지도 어려웠던가?
—손상기, 『고향바다에 던져진 흰꽃』(손상기기념사업회, 2008)*

　소위 '발문'이랍시고 한 시인과의 개인적 인연이나 추억을 소회하는 글을 그리 좋아하는 편 아니다. 아무런 연고가 없는 입장에서 그런 글을 읽을 때, 손끝에서부터 곰살 맞게 도드라지는 피부 세포들의 반란이 버거워지는 탓이 큰데, 손월언의 시집 뒤에 말을 붙이려다보니 내가 되레 자꾸 팔이 안으로 굽고 머리보다는 가슴이 울울해진다. 나 스스로 독자들의 피부 세포를 간질이려 드는 모략꾼이 된 심정인 거다. 그러니 어쩌면 나는 이 시집의 동조자(?)로서 이미 많은 패를 들켜버린 상태에서 이 글을 쓰고 있는 건지도 모른다. 내겐 손월언의 노작들을 한 개인의 문학적 성과나 가치로 엄밀히 품평할 수 있는 자격이 '공적'으로 부재한다. 나는 다만 20년 넘도록 마주대하고 듣고 뼈에 사무친 어떤 소

---

　* 화가 손상기(1949~1988)는 손월언의 친형이다. 「잠들기 전」은 그가 그의 형과 잠자리에 누워 나눴던 대화를 그대로 따온 것인 듯싶다. 손상기는 1980년대 중후반 많은 미술학도들의 심금을 울린 그림들을 남긴 채 39세 나이에 폐울혈로 사망했다. 그의 짧은 생애는 질병과 가난, 오해와 편견의 굴레 속에서 그것들과의 싸움으로 점철되었었다. 손월언의 아내 변연미 역시 파리와 서울에서 수차례 개인전을 연 화가이다. 폭풍이 휩쓸고 간 파리 근교의 숲을 커다란 캔버스에 옮겨놓은 그림을 보고 무슨 가시덤불에 갇힌 듯 척추가 찌릿해진 적이 있다.

리의 반응체로서 그의 시에 공명할 따름이다. 손월언의 시는 내가 경험한 인간적 물리적 질감의 현존체로 들리고 보이고 냄새 맡아질 뿐, 종이 위에 투사되거나 은닉된 언어적 의미와 기능 들을 해독하는 대상으로선 도저히 다가오지 않는다. 흡사 누군가의 목소리를 귀로만 듣고 다른 누군가에게 소리로 전달해야만 할 것 같은 심정인데, 그것은 어쨌거나 불가능하고 부당한 일. 그 어떤 탁월한 성대모사꾼도 '오리지널 사운드'를 그 밀도와 질감 그대로 전달할 수는 없는 법이다. 손월언의 시들은 자의적 해독보다는 감응과 통성의 메아리로 내 사적인 기억과 문학적 태도의 자장 안에 포섭되는 동시에 그것의 태생적 반려자로 오래 작용한다. 작금의 자연스럽거나 인위적인 문학적 흐름이나 세태와도 무관하고, 나 자신의 편벽된 시적 인식이나 본령을 주장할 수 없는 지점에서 그의 시들은 한 개인의 특수한 서정의 힘으로 내 주위를 둘러싸거나 소멸하기를 반복해온 셈이다. 가령 이런 식으로.

바람이 묻었나
불어본다

물소리가 들었나
흔들어본다

—「돌」부분

손월언의 시들을 훑으면서 카메라를 멘 그가 떠올랐던 건 일종의 '조장된 필연'일 수 있다. 내가 처음 겪은 그의 최초 인상 때문만이 아니라, 그가 시종 견지하고 있는 시적 태도가 어떤 바라봄의 위치에서 발원하고 지탱되는 까닭이다. 교정지를 통독하는 내내 나는 카메라를 들고 주변을 주의 깊게 바라보는 한 남자의 초상을 떠올렸다. 나이가 실제보다 많아 보이기도 젊어 보이기도 하는, 우렁찬 듯 촉촉한 눈빛을 가진 낯선 남자. 그가 십수 년 세월 동안 파리 근교와 마르세유를 오가며 응시했을 낯설지만 푸근하고, 아름답지만 쓸쓸한 어느 시간의 손때 묻은 풍경들. 이국의 지인이 보내온 염장 맞을 우편엽서 같다가도 이내 공간 경계를 넘어 똑같은 품격과 물성으로 인간 공통의 환부에서 어혈을 추스르는 물파스 같은 시선의 잔향들. 일상의 속됨과 고결함을 같은 페이지 무게로 뒤적이며 현재와 과거, 고향과 타향의 물리적 변이를 감싸려드는 느긋하고 차분한 음성의 결들…… 손월언의 시들은 내게 그렇게 보이고 들리면서 때로 크고 따뜻한 손이 되어 순전히 자위적일 수밖에 없는 영혼의 체기를 달랜다. 그러니까 이 글은 독자의 호감과 선택을 꼬드기는 작위의 "재생이 아니고" 던져진 말의 속살에 이끌려 감춰진 말의 속살을 들켜버리는 부득불한 "그리움"(「그리움의 정체」)의 상형문이 될 수밖에 없다. 그런데 그 '그리움'은 물리적 재회나 해후에 의해 갚아지는 게 아니다. '그리움'이란 대체로 발원 지점이 모호하고 해소 지점은 요원한 인간의 어떤 근원된 울림에 가깝다. 특정한 누가 그립다는 건 그가 불러일으키거나 투사시킨 영혼의 그림이 자꾸 현세에 개입된다는 얘기다. 그러면 그 특정인이 더 크고 유려하나 닿을 수 없기에 안타까워질 수밖에 없는 현세의 표상으로 돋을새김된다. 그때, 인간은 때로, 영원을 감지한다. 바다 초입에서 잔물결에 발목이 잠겨버린 여행자처럼 삶 자체의 근원적인 고독 속에 우뚝 선 채 수평선을 바라보는 일. 그게 바로 모든 시의 원형이자 굴레가 된다.

　　오래전 가슴에 담겼던
　　밤바다의 앓는 소리가 몸을 되뉘며 깨어나
　　귓바퀴를 돌고 있다
　　　　　　　　　　　　　　　—「Correspondance A」 전문

　'Correspondance'는 주지하다시피 프랑스 상징주의의 모토가 된 보들레르의 시 제목이다. 우리나라에선 주로 '교감'이나 '상응' '조응' 등의 애매한 단어로 번역되곤 하는데, 간단히 말해 모든 지각의 공감각적 전이현상을 일컫는다. 랭보가 폴 드므니에게 보낸 편지에서 "모든 감각의 조직적이고 의도된 착란에 의해 시인은 비로소 견자가 된다"라고 했을 때에도 그가 적시했던 건 시공 복합의 진동으로 감응하는 영혼의 물리적 변형 사례들이었다. 견자(見者, voyant)는 사물의 보이는 측면과 들리는 반향, 만져지는 물성과 녹

아드는 잔영, 감정의 일차적 반응과 이성적 인식의 요체들을 단 하나의 통일체로 투시하는 자이다. 그로 인해 소위 산술화되고 관념화된 인식의 틀이 무너지며 사물 자체의 무한한 본성을 체득할 수 있게 된다. 랭보는 그러한 '의도된 착란'을 통해 영원성의 파편에 의해 임의로 가설된 이 세계의 장막* 너머 자연의 비밀스러운 실체를 꿰뚫어보는 게 시인의 사명이라 여겼다. 그건 비단, 불의 성정을 지녔던 소년 랭보만의 유별난 광증이 아니다. 시인이라면 대체로 하나의 자리, 하나의 사물, 하나의 사람에서 삶 이전과 이후까지의 큰 흐름을 음독해내는 물리적 더듬이를 장착하고 있다. 그게 천분인지 천재인지 업보인지 병증인지는 여기에 내가 결론지을 바 아니다. 손월언은 다만 "재능은 재앙인 것이 분명하다"(「Correspondance B」)라고 단언하는데, 그게 어떤 오만이나 엄살로 느껴지진 않는다. 그저 그렇구나 끄덕이면 이상하게 마음이 그윽해질 뿐이다. '재앙'이란 단어에선 공연히 무슨 낙석이나 태풍 같은 걸 떠올리게 되기도 한다. 인재가 아닌 한, 돌이나 파도가 미쳐 날뛰는 걸 고요히 수긍할 수 있다면 그게 시인의 시인다움 아닐까 싶은, 까딱하면 돌 맞고 바람에 치일 소리나 부언해도 될는지는 모르겠으나, 이미 했으니 지우지는 않기로.

---

* 불교식으로 말해 현세는 늘 허상이다. 랭보는 중학생 시절 고향 샤를빌의 도서관에서 우파니샤드 등 동양 경전에 탐닉한 적 있다.

3

존재하기를 중단하는 것은 없다. 자연에 그런 경우는 없다. (중략)
합리적으로는 설명할 수 없는 사물의 완전한 덩어리가 있다.
아직 형태를 갖추지 못한 새로운 사유도 있다.
영혼의 실존을 부정하는 건 얼마나 어리석은 일인가.
아무튼 하나의 생이 탄생한다는 것.
그건 부정할 수 없다.
생의 원자나 생의 영혼은 육신의 죽음 후에도 존속한다는 사실이
증명될 수 있는 한,
우리는 불멸을 믿어야 한다.
—수 프리도, 『에드바르 뭉크―세기말 영혼의 초상』(윤세진 옮김,
을유문화사, 2008)

시인은 어쨌거나 바로 그 지점에서 "몸을 되뒤며 깨어나/ 귓바퀴를 돌고 있"는 소리의 여운을 따라간다. 그것은 처음 소리로 왔으나, 그 소리는 다시 눈과 뇌하수체를 건드려 그가 바라보는 모든 풍경에서 "착각과 왜곡이라는 두 바퀴에 얹혀 달리는 오래된 현재"(「다시 한번」)를 목도하게 한다. 그 '현재'는 그런데 지금 이 순간 물리적으로 겪고 있는 '현재'인 동시에 어떤 거대한 반복의 틀 속에서 이미 살다 간 누군가의 삶이 끝없이 '재생'되는, '다시 지나가는 현재'이기도 하다.

나는 이 극장에서 여러 편의 영화를 보았는데
혁명과 회한과 탄식, 생의 장엄한 끝자락들과
그리고, 무엇보다도 영화가 끝난 뒤에
쓸쓸한 한 물체로 변해 있는 나를 보았다

(중략)

스크린은 바람 속에 있고
객석은 몽테크리스토 백작 섬 너머로 수평선이 바라다
보이는
산정에 있으며
자연의 소리 그대로를 전하는 음향은 완벽하다
중요한 점은
열정이 담겨 있지 않은 필름은 개봉하지 않는다는 것
주의할 점은
겨울철이면 비가 내려
극장 문을 자주 닫는다는 것
예고가 없다는 것
극장에 오는 사람들과 구름들과 갈매기들은 외로워 보
인다는 것

                           —「극장」 부분

'극장'은 도처에 존재한다. 서울에도 그의 고향 여수에도.

파리에도 마르세유에도. 그러나 그 모든 '극장'에서 상영되는 영화들은 제각각이면서 닮았고 매번 반복 상영되면서도 약간씩 다른 디테일, 다른 점성, 다른 질감을 갖는다. 같은 인물이 등장하더라도 볼 때마다 생경한 인물이고 같은 사건이 벌어지더라도 보이는 영상들은 무시로 변전하는 이야기를 숨기고 있다. 질러 말하자면, 그 '극장'은 관람권을 끊어 들어간 인공적 빛과 어둠의 전시장이라기보다는 삶의 한순간을 어느 특정한 시간대 속에 봉인한 "오래된 현재"의 재현처라 할 수 있다. "스크린은 바람 속에 있고/ 객석은 몽테크리스토 백작 섬 너머로 수평선이 바라다보이는/ 산정에 있"듯 한 세계를 경유해 지나가는 개인의 현존은 객석에 앉기도, 스크린 위 빛의 입자로 쪼개지기도 한다. 더 큰 시간의 영역에서 보면 누군가의 삶은 스크린 위에 명멸하는 빛의 아주 작은 촉수에 불과하다. 스크린에 어둠이 드리워지면, 그리하여 "빛이 사라지면/ 병든 노인의 턱 근처를 떠도는 검불수염 될 것들이/ 하늘과 땅에 가득"(「노을 B」)해진다. 이것은 단순한 물아일체의 좌절이 아니다. 차라리 풍경(또는, 나 아닌 '다른 것')과 완전히 화합하지 못하는 삶 자체의 질박한 숙명이자, 그 자체로 삶의 핵심이 된다. 삶은 결국 "검불수염" 가득한 죽음의 여파로 끊임없이 재상영되는 거대한 환(幻)의 체계에 불과할 수 있다. 그리고 시란 "모두들 넋을 잃고 바라보는 절망을 견딘 흔적들/ 지옥과 한몸이 된 아름다움들"(「칼랑크 해변」)을 겪고 나서야 뒤늦게 발설

되어지는 이생의 후일담으로서나 촉기를 세울 뿐, 모든 시
는 때늦거나 너무 이르거나 '여기'와 너무 멀다. 삶을 시연
하는 스크린이 영원한 그리움의 장막으로 '저기'의 빛을 차
단해버린다. 그것을 어떻게든 뚫어보려 갖은 방법으로 고뇌
하고 방기하는 과정이 다름아닌 삶의 내용이라면, 정말 "이
말도/ 저 말도/ 탐탁지 않"을 따름이다.

　　방법이라는 것이 동나면 좋겠어요, 모든 것을 시간에
　맡길 수 있잖아요? 어떤 서두름도 없이 검은 머리가 흰머
　리로 변해가는 모습을 카메라처럼 바라볼 수 있지 않겠어
　요! 그리하여, 검은 머리가 흰머리로 되고 마는 것만 남는
　세상 속에 있게 되겠죠. 아무런 평가 없이 다음이 오고, 갈
　등 없는 현상이 존재가 되는 시간이 흐르는 세계가 있을
　거예요. 자, 이제 그만두죠. 간단한 각종 방법들 그만 사
　용하죠. 여기가 거기라는 것을 알기가 깊은 바닷속을 들
　여다보는 것처럼 어려워지고 말았잖아요?
　　　　　　　　　　　　　　　　　　　—「심연(深淵)」 전문

"여기"*에서든 "거기"**에서든 삶은 대개 눈앞에 펼쳐진
갈등과 염원 등에 감정을 섞고 말을 주고받는 "간단한 각종

────────────
*　심리적 처소일 수도, 공간적 배경일 수도, 이생일 수도 있다. 아
울러 그 모든 것의 대척점일 수도 있다.

방법들"의 향연으로 구성되고 파기된다. 그러니 "어떤 서두름도 없이 검은 머리가 흰머리로 변해가는 모습을 카메라"로 바라보기만 한다면, 그건 방관이나 체념이나 도피의 혐의를 띠기 십상이다. 여기에서 방관과 체념과 도피가 가지고 있는 여러 함의들에 대한 도덕적 판단이나 문학적 처신의 옳고 그름을 따지는 건 무모하고 무의미하다. 다만 방관은 상처에 대한 외면, 체념은 상처 이후의 회한, 도피는 상처를 향한 연약한 내성의 발로라며 애매한 진단만 내리고 말자. 그렇다 하더라도 여하의 해석과 부언은 결국 또 하나의 "각종 방법들"에 불과하다. 그 모든 언술 불가한 인간계의 허언들을 가여이 여기기라도 하는 듯 시집의 후반에서 손월언은 입적(入寂) 직전 성철(性澈, 1912~1993)이 남긴 법어에 기대기까지 한다.

　죽는 것보다는 그래도 살아 있는 것이 더 낫다. 라는 이 말은 소태 같고
　이렇게 사느니 차라리 죽는 게 더 낫다. 라는 이 말은 들척지근하다
　뭐가 더 낫다는 거냐
　뭘 그리 만날 빗대봐야 직성이 풀리느냐 말이다
　그저, 죽는 것은 죽는 것이고, 사는 것은 사는 것이지

** 심리적 지향점일 수도, 감정을 고무하는 공간상의 피안일 수도, 죽음 너머일 수도 있다. 아울러 그 모든 것의 부재일 수도 있다.

뭐가 더 낫다는 거냐
나는 조미도 감미도 다 싫고
그저 좀 살아보고 싶고
그저 좀 죽어보고 싶다
　　　　　　　　　—「산은 산, 물은 물」 부분

　삶이든 죽음이든, '여기'든 '저기'든, 행이든 불행이든, 희
망이든 좌절이든 삶은 매순간 보여지고 감춰지고 사라지고
다시 만난다. 삶은 더욱 삶의 편에 서면서 죽음에 가까워지
고, 죽음은 삶의 유일한 명목이자 빌미로서 더더욱 분명하
게 삶의 바닥을 무성히 데우고 있다. 그러니 무엇을 무엇에
빗대고 더 나은 걸 쩡구 굴리며 좋고 싫음을 가리겠는가. 부
러 경계를 긋고 편을 나누며 사는 게 당장의 이름과 명분을
구가하는 방식으로서 불가피한 삶의 방편이라 한들, 더 적
극적으로 "살아보고 싶고" 더 맹렬하게 "죽어보고 싶"은 욕
망의 순연한 구조 앞에선 한낱 미망에 불과하다. 미망과 싸
우는 힘. 그리하여 스스로 미망이 되어 삶과 죽음의 모든 주
석들을 떼어내는 일. 어쩌면 그것은 시의 가장 요망한 희망
일 수 있다. 세계는 그저 놓여 있고 흘러간다. "배가 움직이
는 정지된 화면, 객선의 엔진 소리도 물 가르는 소리도, 갈
매기 우는 소리도, 다 들리는데 무성인 영상"(「그리움의 정
체」)인 채로 멋은 채로 멀어진다. 이 유동과 부동 사이에서
삶은 섬광과도 같이 내 것이었다가 다음 시대의 것이 된다.

나는 다시 극장에 앉는다. 스크린 위로 내가 흘러가고 스크린 바깥의 내가 "쓸쓸한 한 물체"가 되어 세계 밖의 전언들을 흘겨 듣는다. 이곳에 오는 "사람들과 구름들과 갈매기들은 외로워 보인다"(「극장」). 과연 이곳은 어디인가. 그의 고향 여수인가 나의 고향 부산인가. 그가 거닐던 마르세유의 한 해변인가 오백 년 전의 내가 잃어버린 기억 속의 바다인가. 여전히, "이 말도/ 저 말도", '여기'도 '저기'도 "탐탁지 않"다. 쓸쓸하고 먹먹하지만, 그게 현존이고, 함께 있어도 여전히 비어 있을 수밖에 없는, 영원한 '그리움'의 실체다. 잘 죽고 잘 살자. 그래봤자 결국 '제기랄'과 '지화자' 사이의 싸움일 테지만.

손월언　1962년 전라남도 여수에서 태어났으며, 추계예
술대학교 문예창작학과를 졸업했다. 1989년『심상』신인
문학상에 당선되어 문단에 나왔다. 시집으로『오늘도 길
에서 날이 저물었다』와 프랑스에서 한글 원본과 프랑스어
번역을 함께 수록하여 출간한『주머니를 비우다』가 있다.
1994년 프랑스로 이주하여 현재 파리에 살고 있다.

문학동네시인선 044
마르세유에서 기다린다
ⓒ 손월언 2013

1판 1쇄 2013년 6월 20일
1판 2쇄 2021년 6월 7일

지은이 | 손월언
책임편집 | 김필균
편집 | 김민정 강윤정 김형균 유성원
디자인 | 수류산방(樹流山房)
본문 디자인 | 유현아
마케팅 | 정민호 이숙재 우상욱 정경주
홍보 | 김희숙 김상만 함유지 김현지 이소정 이미희 박지원
제작 | 강신은 김동욱 임현식
제작처 | 영신사

펴낸곳 | (주)문학동네
펴낸이 | 염현숙
출판등록 | 1993년 10월 22일 제406-2003-000045호
주소 | 10881 경기도 파주시 회동길 210
전자우편 | editor@munhak.com
대표전화 | 031) 955-8888 팩스 | 031) 955-8855
문의전화 | 031) 955-3578(마케팅), 031) 955-2678(편집)
문학동네카페 | http://cafe.naver.com/mhdn
북클럽문학동네 | http://bookclubmunhak.com

ISBN 978-89-546-2162-5 03810

www.munhak.com

문학동네